AF317235

STANCES

A

ABRAHAM LINCOLN

PAR

J.-H. SERMENT

PARIS

CH. MEYRUEIS
174, RUE DE RIVOLI

E. DENTU
PALAIS-ROYAL

SUR UNE GRAVURE

STANCES

A

ABRAHAM LINCOLN

PAR

J.-H. SERMENT

PARIS

CH. MEYRUEIS	E. DENTU
174, RUE DE RIVOLI	PALAIS-ROYAL

Ces vers ont été écrits en majeure partie en 1864, à
une époque où la crise américaine ne semblait point
encore voisine de l'issue décisive à laquelle elle vient
d'aboutir. Ce n'était donc pas un chant de triomphe,
mais un cri d'angoisse et de sympathie pour une grande
cause, en même temps que de confiance en son avenir.
Le lecteur voudra bien se reporter au temps où j'écri-
vais. Depuis que le second Washington a scellé de son
sang l'œuvre à laquelle il s'était dévoué, je n'ai pas cru
devoir changer rien, ni au contenu de l'ouvrage, ni à
la dédicace. Si Lincoln n'habite plus corporellement sur
cette terre où il a accompli de si grandes choses, s'il
ne peut plus recevoir les témoignages de l'admiration
et de la reconnaissance de ses concitoyens et de l'univers, il vit cependant ! Non-seulement il vit dans la

glorieuse demeure que lui a préparée Celui en qui il espérait contre toute espérance, mais il vit dans le cœur de ces opprimés qu'il a fait sortir de la maison de servitude, et dans celui du peuple qu'il a sauvé, après Dieu, ou tout au moins pour le salut duquel il a vécu et il est mort. Le souvenir de ses paroles et de ses actions plane sur les destinées de sa patrie et leur est une sauvegarde. C'est le propre de la vraie grandeur que de se survivre à elle-même et de laisser après elle des traditions bienfaisantes et fécondes, qui sont de solides assises à l'édifice du progrès. — Les Etats-Unis peuvent dire de Lincoln, ce que les régiments noirs disaient de John Brown dans leur chant de combat :

« Son âme marche devant nous! »

Octobre 1865.

I

Je l'ai vu d'un œil sec regarder ton ouvrage
Et devant ce dessin que ton âme a tracé [1],
Artiste! demeurer insensible et glacé;
Un marbre eût sourcillé plutôt : sur son visage
D'horreur ou de pitié, de douleur ou de rage,
Pas le moindre frisson un instant n'a passé!

Si, cependant, il est sur cette terre un drame
Dont le cœur le plus dur doive être ému, froissé,
Navré; si dans les yeux éteints d'un trépassé
Quelque chose pouvait réveiller une flamme;
Si l'on a jamais dû pleurer comme une femme
Ou bondir et rugir comme un lion blessé.....

Mais je m'emporte, au lieu de m'expliquer..... Pardonne!
Lecteur, l'incohérent essor d'un sentiment.
Je ne puis là-dessus parler tranquillement.

1 Reproduction en gravure d'un tableau de M. Biard, représentant
des nègres fugitifs poursuivis et atteints, au bord d'une rivière, par les
chiens des planteurs.

Et lorsque, par hasard, je vois une personne
Qui sur un tel sujet épilogue et raisonne,
Mon esprit sans comprendre admire infiniment.

Je veux cependant faire un effort héroïque
Et, cherchant à monter au sublime niveau
Où plane de nos jours cette métaphysique
Suave, qui d'un ton précieux, flegmatique
Rebat un thème usé qu'elle croit tout nouveau,
Devenir impassible autant qu'un soliveau.

Aussi bien un langage empreint d'insouciance
A, dit-on, un cachet de bon goût, d'élégance ;
Et l'on peut après tout, et d'un style assez net,
Traiter cette matière avec indifférence,
Pour peu qu'au lieu de sang dans les veines on ait
Des filets d'eau saumâtre, ou bien de petit lait !

Peintre, je n'ai point vu ton œuvre originale :
Je ne sais si le faire en est correct et si
La couleur est louable et le trait réussi,
Et si la touche en est savante et magistrale.
J'en ai, s'il faut le dire, assez peu de souci.
Je ne viens point, Biard ! d'une plume banale,

Amateur de salon, disséquer ton tableau,
Faire le connaisseur et réduire du beau
Le sentiment intime en formules pédantes ;

Je ne crains point d'ailleurs que ton mâle pinceau
Ait failli sous ta main aux teintes véhémentes,
A la sombre amertume, aux lignes palpitantes

Que devait t'inspirer l'horrible vérité.
A tout noble transport la Muse est bienveillante ;
L'art trahit rarement une pensée ardente
Qui d'un cœur généreux jaillit impatiente,
Forçant la forme à suivre avec docilité
L'irrésistible élan de sa sincérité !

Mais il suffit de voir cette simple gravure,
De l'enfant de ton art imparfait monument,
Pour sentir avec toi, d'un vif ressentiment,
L'outrage odieux fait à l'humaine nature
Par ce lâche et cruel forfait que ta peinture
D'un stigmate vengeur flétrit éloquemment !

II

Quand je vois sur ces bords d'une large rivière
Ces nègres fugitifs, ces enfants et leur mère,
Qui de terreur brisés, traqués, désespérés,

Disputent en pleurant leurs membres déchirés
Et les derniers lambeaux d'une existence amère
A la dent de ces chiens de leur sang altérés,....

Et plus loin, dans les bois, accourant sur la trace
Du gibier, à ce jeu d'ailleurs accoutumés,
Ces messieurs fort bien mis, distingués et de race
Pure qui, de sang-froid, en tireurs consommés,
Ajustent vaillamment des hommes désarmés.....
Et quand je songe à cette abominable chasse,

Je ne puis qu'admirer le tour original,
La sensibilité compliquée, inouïe
De tant d'esprits subtils, qui trouvent immoral
Qu'au secours de ces noirs assassinés on crie,
Réservant les transports de leur philanthropie,
Pour un forban vaincu dans un combat égal [1] !

Mais au moins ces enfants..... cette pauvre petite.....
Ah! je comprends qu'un peuple entier se précipite
Et verse à larges flots le plus pur de son sang;
Je comprends qu'à la fin un Dieu vengeur s'irrite;
Que le crime effronté, cynique et menaçant
Amasse sur sa tête un juste jugement;

[1] Le 19 juin 1864, l'*Alabama*, corsaire des États rebelles du Sud, fut coulé bas par le *Kearsarge*. — Le capitaine de l'*Alabama* fut recueilli sur un navire anglais, et reçut de quelques personnes, en Angleterre, une espèce d'ovation.

Que de fer et de feu, sur ces tours de Gomorrhe,
Un furieux orage éclate et les dévore,
Faisant de leurs débris des temples à la Mort!
Mais quoi donc!... Je caresse une phrase sonore?
L'enfant a la peau noire, assurément j'ai tort
Pour si chétif objet de m'indigner si fort?

Elle est noire...... C'est juste! ou plutôt c'est probable;
Car enfin ces gens sont métis, peut-être, ou bien
Presque blancs et, qui sait? leur maître impitoyable
D'un parricide plomb fait jaillir de leur sein,
Avec leur sang, le sang de son père ou le sien.....
Le fait est fort commun, encor qu'épouvantable.

Elle n'en a pas moins une âme comme vous,
Blancs si vains de vos corps, nobles anatomiques!
D'un physique blason si durement jaloux,
Du dogme de la peau surprenants fanatiques;
Si vous n'êtes humains, eh bien! soyez logiques:
Puisque vous les chassez, que ne les mangez-vous?

Une âme comme vous?..... Ah! je lui fais injure;
Non! elle n'a jamais, avide trafiquant,
Bravé la loi divine, outragé la nature,
Et de force à la mère arraché son enfant.
Vous! sépulcres ornés d'une blanche parure,
S'il reste en vous du bien le moindre sentiment.....

Honorez son courage et son intelligence!
Entre le fleuve et vous une autre eût hésité :
D'un précipice affreux la sévère clémence
Saura la protéger contre votre bonté;
Le rocher va briser son corps, de son enfance
Il ne souillera pas du moins la pureté!

Et son frère qu'au bord du trépas suspendue,
Elle embrasse et qui va dans les flots s'élancer.....
O blancs civilisés!..... O nation élue!
Chrétiens! vous êtes forts, il doit le confesser;
Mais sous vos lois de fer cette race abattue
De votre piété que doit-elle penser?

Si la cité modèle, unique et sans égale
Que votre rare audace exalte impudemment,
Pour idéal suprême a la force brutale,
Ils ont tort d'éprouver le moindre étonnement,
Ces noirs; mais ils avaient entendu vaguement
Dire que la grandeur en est surtout morale

Et que l'amour du Christ en est le fondement.
A coup sûr les voilà déçus atrocement!.....
Si sur vos sentiments ils avaient pris le change,
C'est un surcroît d'horreur, à leur dernier moment,
Que de voir en vous, — rêve inexplicable, étrange, —
Le démon embusqué, sous la robe de l'ange!

III

Le drame est terminé. Plus de cris, plus de bruit.
Les derniers corps sanglants ont disparu dans l'onde :
Sinistre éclair qui brille à peine une seconde
Et sur lequel soudain se referme la nuit,
Sur les ailes du temps l'horrible meurtre fuit
Et va se perdre au sein de la brume profonde

Du passé. — C'est un point dans la durée, un son
Qui s'éteint et ne laisse après lui qu'un murmure
Lointain, l'écho mourant d'une plainte. On assure
Que les chasseurs à l'âme intrépide ne sont,
L'instant d'après, pas plus émus qu'un hameçon
Ne l'est dans le gosier du poisson qu'il torture. —

Or le cœur seul connaît la mesure du temps.
N'est-il pas vrai qu'il est ici-bas des instants
Qui semblent embrasser des siècles? — Qui peut dire,
Heures où du bonheur rayonne le sourire,
Ou que du désespoir remplit le noir délire,
Si l'infini n'est pas comme un de vos moments?

A l'aveugle compas de l'heure astronomique
On ne mesure point la joie ou la douleur,
Le crime, la vertu, les mystères du cœur.
L'immatériel hait la loi mathématique,
De l'espace et du temps, rompt le cercle physique
Et de l'éternité sonde la profondeur.

L'Esprit infini seul, le Roi des rois, le Maître
De l'univers connaît les puissances de l'être
Et la grandeur des faits qui nous semblent bornés
Aux horizons mesquins d'aspects subordonnés.
Ce qui pour nous finit, pour lui commence à naître
Et doit revivre un jour à nos yeux étonnés.

Et je dis que longtemps après que dans l'abîme
Ce monde anéanti sera précipité
Et sera comme s'il n'avait jamais été,
Sur son linceul encore apparaîtra ce crime;
Le cri de désespoir de la faible victime
Retentira dans l'ombre et dans l'immensité,

Plus navrant, plus poignant, plus déchirant encore!
Et du bourreau qu'en vain le noir mourant implore,
Le regard acéré, livide, glacial,
Dans l'éternelle nuit que sa lueur colore,
Brillera, flamboyant d'un feu plus infernal,
Plus que jamais sanglant et lugubre fanal.

La conscience, avec une angoisse mortelle,
Demande en gémissant quelle est l'immensité
Du juste châtiment que cette honte appelle,
Pour que, dans ta balance, ô Justice éternelle!
Egalant du forfait le poids illimité,
Il en puisse expier toute l'atrocité.

Humanité! devant cette nuit infinie
Et ces flots furieux du mal et de l'erreur,
D'un mystère éternel entrevois l'harmonie,
Et sondant du regard la ténébreuse horreur
Des abîmes sans fond que renferme ton cœur,
Comprends d'un Dieu martyr la suprême agonie.

IV

Cependant, m'écoutant d'un air narquois, hautain,
Satisfait de lui-même et rempli de dédain,
Mon railleur à l'œil sec, au placide visage,
Sourit. — Mais quel est donc ce grave personnage?
Vous l'avez reconnu, lecteur, j'en suis certain :
C'est notre temps, eh oui! ce temps qui se croit sage,

Parce qu'il est blasé, décrépit et malsain,
Ce temps pour qui rien n'est damnable et rien n'est saint ;
Selon qui rien n'est vrai, rien n'est faux ; qui se pose
En auguste et subtil aristarque ; qui n'ose
Trop affirmer que deux et deux ne font pas cinq ;
Ce temps qui n'aime rien et ne croit pas grand'chose.

Ou je me trompe fort, ou l'on appellera
Ce demi-siècle-ci l'âge de la critique ;
Critique littéraire et critique historique,
Artistique, biblique, éthique et *cætera* :
Voilà l'œuvre éminente et caractéristique
Qu'à la postérité notre temps léguera.

Nous critiquons en gens qui n'auraient rien à faire
Qu'à prononcer, d'un ton solennel et pédant,
Sur chaque chose au monde un savant jugement.
Nous aimons dénigrer ce que l'homme révère.
Nous jugeons tout à neuf, comme si sur la terre,
On n'avait rien compris à rien auparavant.

Nous drapant fièrement dans une suffisance
Superbe, nous n'avons foi qu'en notre science.
En son nom, nous perçons et nous démolissons
Tout ce qui paraissait digne de confiance ;
Après quoi, d'un air fin, nous nous divertissons
De tout naïf qui croit à ce que nous disons.

Par une inconcevable et triste inconséquence,
Au plus grand sérieux d'abord nous nous prenons.
Et puis, nous bafouant nous-mêmes, nous disons
Que l'homme est fils du singe et que l'intelligence
D'un phosphate de chaux n'est que l'efflorescence.
De tant d'extravagance ensuite nous rions.

Timides pour agir, le verbe téméraire,
Nous signalons beaucoup d'abus, et puis après
Nous craignons d'y porter une main salutaire.
De subir la routine exprimant nos regrets,
Nous pensons une chose et faisons le contraire;
C'est ce que notre époque appelle le progrès.

De nos esprits perclus, voyez la défaillance:
Il nous plaît que le loup porte habit de pasteur
Et qu'on ait du chrétien le nom et l'apparence,
Quand on n'a que Lucrèce ou Platon dans le cœur;
Nous décorons du nom pompeux de tolérance
Ce travestissement dont la droiture a peur.

Notre temps, c'est Voltaire assistant à la messe:
Il ne croit pas en Dieu, c'est vrai, mais il professe
Pour les droits temporels du pape un zèle ardent;
Il se dit libéral et muselle la presse;
Du congrès de la paix il est membre, et pourtant
S'il se ruine en frais de guerre il est content.

Pour le vice il n'a point ces haines dont Molière
En son chef-d'œuvre a su faire aimer la rigueur;
En revanche, de rien il n'est admirateur.
Pour lui l'enthousiasme est un faible vulgaire,
Indigne d'un penseur de goût, et la lumière
Qu'il prône est inféconde et nous glace le cœur.

Il aime à découvrir des taches au mérite;
Mais aussi dans tout mal il discerne du bon.
Il renonce à flétrir Charles-Neuf ou Lebon
Et signale après tout du courage en Thersite;
Néron même a trouvé qui le réhabilite
Et juge ce César assez bonhomme au fond.

Je serais peu surpris s'il venait à paraître
Un ouvrage savant, profond, à grand effet,
Où l'on démontrerait comment Judas le traître
Fut un libre penseur, économe parfait,
Méconnu de son siècle et fort loyal peut-être.
Un tel livre déjà doit avoir été fait.

Notre temps en sa plate et douce quiétude,
Redoute d'appeler les choses par leur nom.
De son langage il faut faire toute une étude :
Son parler pudibond nomme *Institution
Domestique*, une belle et bonne servitude;
L'euphémisme est sa grande et seule passion.

Les grands rénovateurs de sa théologie
Parfois nous disent bien que le Livre sacré
De Dieu fut inspiré; mais cela signifie
Que l'on y voit briller presque autant de génie
Qu'en leurs propres écrits et qu'il est avéré
Que l'Apôtre, comme eux, fut très bien inspiré.

Ou, par certains prélats très forts en rhétorique,
Il prouve doctement que certaine encyclique
Qui lance l'anathème à toute liberté,
A ce qu'elle condamne est presque sympathique
Et qu'à le bien entendre et tout bien discuté,
En bon latin *error* veut dire vérité.

L'équivoque est un art dont ce temps fait usage
Si bien qu'on ne peut plus se fier au langage;
Et lorsque deux Etats font ensemble un traité,
Et qu'on l'a longuement expliqué, commenté,
Il demeure un grimoire auprès duquel, je gage,
Les énigmes du Sphinx ruisselaient de clarté.

Mais ce ne serait rien encor si la pensée
Ne faisait par ses soins naufrage et, dispersée,
N'était, grâces à lui, jetée à tous les vents;
Si l'âme, au plus profond de son être blessée,
Ne voyait en leur fleur les plus purs sentiments
Se flétrir au contact de ses attouchements.

2

On appelle, je crois « vérité relative »
Ce pavillon informe et sans couleur qui pend
Au mât de son vaisseau flottant à la dérive,
Sans timon, sans boussole et qui, fuyant la rive
Des phares lumineux, va chercher follement
Un abîme de fange et de sable mouvant. —

O rare dissolvant ! souffle qui décompose,
Dégrade tout élan généreux, qui transpose
Toutes les notions et dépeuple les cieux !.....
Quand il dit qu'un effet peut exister sans cause,
Que le néant, c'est l'être, oh ! je m'explique mieux
Que ce temps soit caduc encor plus qu'il n'est vieux.

Quoi donc ! il n'est plus rien en l'univers immense
Où l'on puisse entrevoir un rayon d'espérance ?
Comme le Juif-Errant il faut donc ici-bas,
Sans but et sans raison parcourir l'existence,
Marcher, marcher toujours et pour n'arriver pas
Et trembler sur un sol vacillant sous les pas ?

Rien que l'on doive aimer ? rien que l'on puisse croire ?
Rien qui vaille l'effort d'un noble dévoûment ?
Rien qui n'ait pour objet cette cruelle gloire
D'avilir tout du haut d'un dédain transcendant ?
Quoi donc ! cet univers..... un spectacle de foire
Fait pour vous amuser, docteurs, uniquement ?

Oh! vous avez raillé toute sainte colère,
Bafoué tout vaillant et pur ressentiment!
Vous avez desséché sous l'humaine paupière
Les larmes; de nos pleurs, votre art en se jouant,
Chimiste ingénieux, fait un dur diamant
Qu'ensuite il subtilise en stérile poussière.

Vous qui, du sel du monde enlevant la saveur,
Faites un charlatan d'un Dieu saint et sauveur,
Je vous admire, esprits supérieurs, sublimes!
Vous planez de si haut sur les plus hautes cimes,
Que du gouffre creusé par vous, ô magnanimes!
Vos yeux ne peuvent plus sonder la profondeur.

Sages, vous êtes grands! vous avez fait le vide
Sur terre, dans les cieux, et dans l'homme et partout:
Prophètes de la mort, sur des tombes debout,
Votre morne Evangile, à notre cœur avide
De justice et d'amour, n'offre qu'un sable aride,
Un immense désert et le néant au bout

V

Certes ! ce serait bien une chose imprévue
Si le siècle, enivré de ce philtre qui tue,
De ce poison subtil qui détruit, en laissant
Les couleurs de la vie à l'être agonisant,
Comme Socrate, après qu'il eut bu la ciguë,
Ne se sentait saisi par l'engourdissement.

L'Europe eut autrefois des élans de jeunesse,
Aux yeux quelques éclairs, au cœur quelque noblesse,
Et de principes vrais quelques flammes au front.
On proscrivait la traite, on délivrait la Grèce ;
On semblait entrevoir qu'il est une raison
Supérieure aux droits du sabre et du canon.

O Beecher ! hier encor, quand ta harpe indignée,
Grave, au pied de la croix et de larmes baignée,
Remplissait l'univers d'un long gémissement,
L'Europe, depuis lors doucement résignée,
Frémit, pleura, maudit presque unanimement
Des Pharaons du Sud l'aveugle entêtement.

Aujourd'hui..... le Vieux-Monde a fait un pas immense :
Il analyse tout, même le sentiment ;
Comme il est passé maître en l'art de la nuance,
Il n'est pas de honteux et fol égarement
Qui ne le trouve plein d'une aimable indulgence
Et que son doute exquis n'absolve élégamment.

Je ne m'étonne plus qu'en la terre classique
De la philanthropie et de l'humanité,
Où du sang des martyrs germa la liberté,
On vienne à discuter d'un ton académique,
Si la loi des planteurs est vraiment tyrannique
Et si l'homme n'est pas une propriété.

Je ne m'étonne plus si, d'un accent sublime,
Certains journaux, les rois de la publicité,
Risibles nains, à coups de canif, ont tenté
De saper ce géant des forêts, dont la cime
Sur tout un monde étend son ombre magnanime,
Offrant à l'univers ses fruits de vérité ;

Si d'un ton dégagé qui passe la Régence
En grand air, en mépris de notre humanité,
Ils nomment la révolte, esprit d'indépendance,
Et le parjure, un droit de la minorité,
Et fol entêtement, l'héroïque constance
De tout martyr du bien et de la vérité.

Je ne m'étonne plus que leur voix hypocrite
Sur les maux que la guerre accumule à sa suite,
Feigne de s'attendrir et se pâmer d'horreur ;
Quand au fond, voyez-vous, tout ce qui les irrite
C'est que ce peuple fort n'ouvre accès en son cœur
Qu'à l'appel du devoir et qu'au cri de l'honneur,

C'est de voir de son deuil l'Amérique voilée
A souffrir déployer tant d'obstination ;
Et c'est de ne pas voir la bannière étoilée,
Aux pieds d'un négrier ou d'un traître foulée,
Devenir pour tout homme et toute nation
Un objet de mépris et de dérision !

Que la postérité des Cavaliers trompée,
Des fils des Puritains maudisse la grandeur ;
Que les reptiles nés des cendres d'un Ligueur
Usent leurs faibles dents sur la divine épée
Que pour les Pèlerins la Réforme a trempée.....
C'est dans l'ordre ! et pour moi je les plains de grand cœur.

Le monde, indifférent à leur rage impuissante,
N'en poursuivra pas moins sa carrière imposante
Vers l'avenir où Dieu le conduit lentement :
L'astre qui le dirige en sa marche ascendante,
La Vérité l'entraîne irrésistiblement,
Sans que leur vain dépit l'arrête un seul instant.

Ce n'est pas l'Union, Europe! c'est la gloire
Qui seule est en péril, Quand l'arrêt de l'histoire
Fera ta juste part en ces événements,
Même au prix de leur sang, un jour nos descendants
Voudront de cette honte effacer la mémoire!
Mais, alors, vieille Europe! il ne sera plus temps!

Il faudra convenir que la plus sainte cause
N'obtint auprès de toi comme encouragement
Que froideur apathique, ou même et plus souvent,
Aigreur, hostilité sourde, amère, morose,
Qui par des coups mesquins se trahit et qui n'ose,
Après tout, déclarer la guerre ouvertement.

Europe! l'on a pu, sans provoquer ta haine,
Célébrer les vertus, la grâce, le bon ton
De maint digne héros, vendeur de chair humaine,
Vanter ici Verrès; là, persifler Caton,
Et des fleurs du roman enguirlander la chaîne
Des tristes courtisans du monarque Coton.

Le coton! ce veau d'or, j'y pense, est le symbole
De la philosophie énervante, frivole,
Vieux-Monde! qui préside à ta sénilité:
Masse obtuse, incolore, inconsistante et molle,
Nuageuse, pesante, informe et sans beauté,
Déshonorant tombeau de la virilité.

Sa doctrine, pour l'âme est une nourriture
Aussi fortifiante et de même régal
Que pour le corps serait de la maculature!.....
Qu'elle cesse du moins, pour prouver que le mal
Est bon, que l'esclavage est utile et moral,
De tordre des versets de la Sainte Ecriture.

J'aimerais mieux entendre un brigand calabrais
Etablir, en montrant par lemme et par sorite,
L'estime que son art de tout chrétien mérite,
Que la Bible, jamais, par aucun mot exprès,
N'a flétri le métier évidemment licite
De détrousser les gens et les tuer après.

Je ne m'étonne plus vraiment si l'on se moque.....
Mais il suffit!..... Pourquoi s'étonner? Notre époque
A même supprimé jusqu'à l'étonnement,
Comme chose vulgaire et dont elle se choque.....
..... A bon droit, ne pouvant introduire autrement
Ses monstruosités où le bon sens suffoque.

Dans ce terrain vaseux nous nous engloutissons,
Lentement, sûrement et dans cette atmosphère
Nauséabonde et lourde, impure et délétère,
Dans cet air vicié, grand Dieu! nous étouffons;
A ce souffle mortel l'âme tombe en poussière.
Sauve-nous! sauve-nous! Seigneur, nous périssons!

VI

J'ai fait un rêve un jour, qui n'était point un songe,
De ceux où le grelot d'un frivole mensonge
Domine les échos de la réalité ;
Mais l'éclat entrevu de quelque vérité
Mystérieuse et qui, de l'infini, prolonge
Comme un rapide éclair jusqu'à l'humanité.

Le ciel était voilé d'une brume pesante
Que d'un soleil mourant la blafarde lueur
Effleurait d'un jour faux, livide et plein d'horreur ;
La nature immobile, inerte, défaillante,
Pliant sous le fardeau d'une morne stupeur,
Semblait du désespoir l'image désolante

L'être et le mouvement, la vie et la chaleur,
L'harmonique unité, la forme et la couleur
Et la variété, s'effaçant de ce monde,
Le laissaient dans la nuit monotone, profonde
D'un chaos, non de l'œuf, dont l'Esprit créateur
Fit de cet univers la semence féconde.

Non de l'amas antique où l'ordre apparaissant,
Où la beauté naissant et s'épanouissant,
D'un monde près d'éclore annonçaient la présence ;
Mais d'un chaos frappé de mort et d'impuissance ;
C'était de l'univers comme un délabrement.
Le Dante, en son enfer, n'a point décrit, je pense,

De séjour plus sinistre et plus décourageant !
Çà et là se mouvaient des formes grimaçantes,
Incohérents débris de ce qui fut vivant ;
Des polypes gluants, des limaces géantes,
A trompe d'éléphant et des ombres tremblantes
D'hommes qui du gorille avaient l'hébètement.

Je voulus m'arracher les cheveux, et ma tête
A l'instant devint chauve et je ne sentais rien,
Et je vis que j'avais mes cheveux dans ma main ;
Et je voulus crier....., mon oreille inquiète
N'entendit aucun son, de ma bouche muette
Mes dents seules tombaient et jonchaient le chemin.

Bientôt parut dans l'air un être fantastique ;
Horrible cavalier, sa barbe, ses cheveux,
Sa peau, ses vêtements, ses armes et ses yeux,
Les crins de son coursier, monstre apocalyptique,
Et jusques au sabot de ce cheval affreux
Tout était d'un teint mat, jaune, et cadavérique.

Il lança son bras flasque et de l'os dépouillé,
Comme s'il eût fauché l'immensité profonde
Et d'un geste fatal, devant lui balayé
L'infini... « C'en est fait ! Rien n'est dans rien : le monde
« M'appartient, cria-t-il, je suis la mort seconde
« Et j'ai vaincu la vie. » . . . .
. . . .   Et je me réveillai.

Ce rêve n'était point une vaine imposture,
Mais du trépas de l'âme un fidèle tableau ;
Ainsi l'esprit mourant et lambeau par lambeau
Décomposé, subit la hideuse torture
D'un cadavre vivant qui tombe en pourriture
Et qui s'agite au sein des fanges du tombeau.

VII

Oh ! de la vie ! un peu de vie et de lumière,
De l'air ! de la chaleur ! un peu de vérité !
Oh ! le moindre rayon de grâce et de bonté !
Oh ! le regard ému de la pitié d'un père !
Oh ! l'amour infini d'un Sauveur et d'un frère !
Oh ! d'un monde vivant la noble dignité !

Rendez-nous des vertus, rendez-nous des croyances!
Rendez aux affligés de saintes espérances ;
Au soleil, ses rayons; au cœur paralysé,
Ses battements. Rendez à nos intelligences
Les ailes d'un essor téméraire et sensé,
Et le tranchant du glaive à l'esprit émoussé!

Rendez-nous l'idéal éclatant de lumière,
La ferme conscience et le sain jugement,
La foi toute-puissante et le devoir austère ;
Même la passion, le préjugé sincère,
Les élans de ces cœurs qu'un premier mouvement
Emporte irréfléchis, sans qu'ils sachent comment.

Tout au monde plutôt que les afféteries
De ce dilettantisme où vous vous prélassez,
Docteurs, qu'il est reçu d'appeler avancés,
On ne sait trop pourquoi! — De vos grâces flétries,
De vos fades langueurs, de vos minauderies,
De votre enflure vide, oh! nous avons assez!

Assez de vanités, assez d'extravagance,
Assez de mannequins parés de faux clinquant,
A plat ventre devant le fort, pleins d'insolence
Pour le faible et ravis de leur abaissement !
Assez de servilisme, assez de décadence,
Assez de vaine gloire et d'aplatissement !

Rendez-nous les héros et les grands caractères,
Ces martyrs qu'à jamais bénit l'humanité,
L'espoir des opprimés, leurs champions, leurs frères!
O temps présent, si fier de toutes les misères,
Des trésors éternels pauvre deshérité !
Que dira-t-on de toi dans la postérité?

VIII

Le jour ne va-t-il pas déclinant et de l'ombre
L'empire grandissant?... Pardonnez! pardonnez!
Vous dont l'éclat toujours compensera le nombre,
J'allais vous oublier, astres qui dominez
Et qui dissiperez ce crépuscule sombre
Et qui rajeunirez nos lauriers fanés !

Pardonnez, ô semeurs ardents, infatigables,
Dévoués, résolus, modestes, patients,
Qui du règne de Dieu jetez les fondements !
Du Christ libérateur témoins inébranlables!
Pardonnez, esprits purs, seuls nobles et seuls grands.
Qui foulez à vos pieds les gloires périssables.

O Lincoln ! *O justum et tenacem*, ô toi
Qui soutins sans plier, et d'une âme indomptable,
Le fardeau le plus lourd et le plus redoutable
Qu'ait jamais supporté tribun, sénat ou roi ;
Ton nom seul suffirait, ô vengeur de la loi !
Pour racheter l'honneur d'une ère méprisable,

Dieu règne ! tu l'as cru ! tu l'as dit hautement ;
Le secret de ta force est ton obéissance ;
Cœur exempt de faiblesse autant que d'arrogance,
Ce Dieu, te dévoilant l'hypocrite apparence
De ce qu'à l'interdit met son commandement,
Te donne d'écraser la tête du serpent !

Et toi, peuple qu'embrase une flamme divine !
Daniel délaissé dans la fosse aux lions,
Toi qui combats pour nous qui te calomnions,
Généreux Winkelried du monde, ta poitrine
Recueillant tous les coups que Satan leur destine,
Sert de vivante égide aux autres nations !

La race des héros n'est pas encore éteinte.
O Frémont, Mac Clellan, Burnside, Sheridan,
Hooker, Meade, Thomas, Grant, Farragut, Sherman !
Soldats qui sous les plis d'une bannière sainte,
Des plaines de Vicksburg à celles d'Antietam,
Triomphez sans orgueil, ou succombez sans plainte...

Vous vivrez dans le cœur de la postérité,
Et vos noms, dans le temps et dans l'éternité,
Resplendiront.... Non pas de la froide auréole
Qui pare un conquérant, dont le délire immole
La fleur des nations à l'inhumaine idole
De sa gloire égoïste et de sa vanité !

Les générations, sans pitié décimées,
Le maudissent ; mais vous, elles vous béniront !
Bienfaiteurs dévoués des hommes, vos armées
Qui du sein de la paix soudain furent formées,
Aiment leurs ennemis et les délivreront
Des ombres de l'abîme et les relèveront.

Vous mîtes votre espoir en cette Providence.....
Non celle des mortels qu'enivre leur puissance
Et qui sont si petits lorsqu'ils se disent grands ;
Mais en celle du Père ! — O mystérieux plans
De sa haute sagesse, adorable prudence
De la main qui conduit tous les événements !

Pauvre noir dont le corps n'est qu'une cicatrice
Et qu'il livrait la veille à la dent de son chien ;
Ton superbe tyran, maintenant humble, vient
Te demander d'offrir ta vie en sacrifice,
Pour sauver de ses lois le barbare édifice,
Pour river à tes pieds le plus honteux lien !...

Il en est réduit là ! — Salut, ère nouvelle !
Salut, aube du jour d'un meilleur avenir !
Et toi, ferme rempart d'une idée éternelle,
Tu sus ce que tu fis, grand peuple, quand pour elle
Tu t'obstinais à vaincre ou tu voulais mourir,
Salut ! La liberté du monde allait périr !

Décembre 1864

Paris. Typ. de Ch. Meyrueis, rue des Grès, 11. 1865.

Paris. — Typ. de Ch. Meyrueis, rue des Grès, 11. — 1863